어느 치과기공사의 수기

어느 치과기공사의 수기

발행일	2023년 1월 31일

지은이	김근삼		
펴낸이	손형국		
펴낸곳	(주)북랩		
편집인	선일영	편집	정두철, 배진용, 김현아, 윤용민, 김가람, 김부경
디자인	이현수, 김민하, 김영주, 안유경	제작	박기성, 황동현, 구성우, 권태련
마케팅	김회란, 박진관		
출판등록	2004. 12. 1.(제2012-000051호)		
주소	서울특별시 금천구 가산디지털 1로 168, 우림라이온스밸리 B동 B113~114호, C동 B101호		
홈페이지	www.book.co.kr		
전화번호	(02)2026-5777	팩스	(02)3159-9637

ISBN   979-11-6836-721-0 03810 (종이책)   979-11-6836-722-7 05810 (전자책)

(주)북랩 성공출판의 파트너

북랩 홈페이지와 패밀리 사이트에서 다양한 출판 솔루션을 만나 보세요!

홈페이지 book.co.kr   •   **블로그** blog.naver.com/essaybook   •   **출판문의** book@book.co.kr

---

작가 연락처 문의 ▶ ask.book.co.kr

작가 연락처는 개인정보이므로 북랩에서 알려드릴 수 없습니다.

치기공업계에 대한 오해와 진실

어느 치과기공사의 수기

김근삼 지음

 북랩

차례

수기

오늘도 어김없이 이곳이 기공소임을 증명이라도 하듯 모터 돌아가는 소리가 굉음을 내고 있다. 이제는 조용한 분위기에서 일하는 길 포기한 지도 어언 이십 년도 더 넘는구나.

공중에 날아다니는 메탈 가루, 레진 가루, 돌가루 먼지 등등 여러 가지 인체에 해로운 이물질들에 맞서 우리 기공사들은 마스크 하나에 의지하면서 하루 12시간 내외로 근무하면서 버티고 있다.

폐암을 걱정하는 건 사치다. 이걸 업으로 수없는 세월을 기술 연마에 힘쓰며 살아오면서, 밥을 먹고 살려면 기공사 일을 할 수밖에 없다는 걸 알기 때문이다.

왜 기공사들은 부자가 일 프로도 안 되는가! 아니, 부자까지는 바라지 않아도 삶에 쪼들리지 않고 돈 걱정하지 않고 사는 기공사들은 왜 주위에 단 한 명도 없는가!

대출을 받아야 한다. 왜냐하면 생활고, 아니면 자녀 분유 값, 아니면 전세방을 얻어야 하기 때문이다.

우리는 오로지 봉급에 의지하면서 살고 있다. 밤 12시까지 일한다고 잔업 수당 한 푼 없는 것을 우리들은 이제는 당연하다는 듯이 받아들인다.

유일하게 보너스가 있다면 명절, 휴가 때뿐…. 그나마 일이십만 원 받는 것만으로도 안도의 한숨을 쉬어야 하는 것이 우리 기공사다.

참, 퇴직금도 있지… 세상 많이 좋아졌네…. 하지만 그마저도 내 봉급에서 매달 적금 붓듯이 빠져나가는 것이 오히려 돈에 궁핍한 우리에겐 사치며 원치 않는 제도라고 생각하는 이들도 허다하게 많은 듯하다.

지금 내 나이 마흔네 살… 수업 들을 때 교수가 강의하면서 말씀하시기를 지금 베테랑 기공사들은 봉급을 삼백만 원 받는다고 한다.

세월이 한참 지난 지금, 아직도 나는 삼백을 받는다. 지난 세월 동안 물가는 얼마나 올랐을까! 그러나 난 예전의 기공사와 똑같은 봉급을 받는다.

나는 지금 왜 고민에 빠질 수밖에 없는가! 그건 10여 년 후쯤 미래에도 베테랑 기공사들의 봉급 마지노선이 지금과 별 차이가 없을 것이라는 것을 알기 때문이다.

남들은 전문직이라고 한다. 그나마 지금의 나는 생활에 쪼들리지만 살아갈 수 있다. 하지만 문제는 앞으로 10년 후에는 이 전문직종이 3D 업종이 된다는 것을 누구보다 잘 알고 있기에… 저임금에… 열악한 근무환경에….

내신등급이 우수한 학생들이 지금도 치기공과에 많이 입학하고 있다. 나는 말리고 싶다. 내 조카라면… 내 벗의 아는 동생이라면… 아니 나하고 단지 차 한잔만 같이 마신다면… 누구라도 말리고 싶다. 그 성적이면 제발 다른 길을 택하라고 간곡히 권유하고 싶다.

당신의 자녀들이 3D 업종에 뛰어드는 걸 찬성하는 부모들이 누가 있겠는가! 하지만 일반 시민 어느 누구도 기공업계가 처한 열악한 상황을 아는 이가 거의 없다.

직업이 뭐예요? 기공사입니다. 그래요? 좋은 직업을 가지고 계시는군요. 봉급도 많이 받겠네요. 부럽습니다.

그런 얘기를 한두 번 들은 것도 아닌데, 왜 그런 소리를 들을 때면 가슴이 답답하고 한숨만 나오는 것일까!

그럼, 왜 우리는 남들이 부러워하는 직업에 회의를 느껴야 하는가!

무엇이 문제인가!

수기 2

그건 십여 년 전의 봉급과 지금의 봉급이 변함이 없다는 것이 대답의 근원일 것이다.

치과에 기공물을 만들어 납품을 한다. 기공수가는 십 년 전이나 지금이나 변한 건 하나도 없다. 물가는 오른다. 재료 값도 오른다. 하지만 치과에 청구하는 기공료는 별 차이가 안 보인다.

이런 상황에 기공소를 운영하는 소장님들도 어렵긴 마

찬가지다. 대출이자를 내지 않는 소장님들은 이제 거의 존재하지 않는다.

이런 상황에서 봉급이 오르리라 기대하는 건 무리다. 나도 이제는 나이가 있어 직원으로 젊은 친구들처럼 일하는 것도 체력에 한계를 느끼기 시작한다.

그럼 어떻게 해야 하는가…. 내 사업을 해야 하나?

하지만 저절로 고개를 절레절레 흔든다. 거래처를 뚫기 위해 덤핑을 해야 할 것이고, 또 기공사들끼리 기공료도 경쟁을 해야 하겠지.

안 그래도 열악한 기공료가 그마저도 깎이는 것이다. 서로 제 살 깎아먹는 것이 오늘날 기공계의 현실로서 큰 문제가 아닐 수 없다.

교수님이 말씀하셨다. 기공사로 성공하려거든 딱 천 번만 참으라고…. 악착같이 참았다. 속이 틀어지고 비꼬아지더라도 이 길에서 성공하기 위해 공부하고, 또 공부하고, 그러나 내 주름살 하나 더 는 것밖에 결과물이 없는 것 같아 씁쓸하다.

인생이란 무얼까? 나는 왜 아직도 이런 문제들을 가슴에 달고 지금도 살아야 하는가!

조그만 사업을 하나 했었다. 물론 기공소는 아니다. 사업을 시작하기 전에 시장조사를 해야 했고 내 물품에 전문가가 되어야 했다.

그것은 참숯 판매하는 사업이었다. 강원도 횡성에 있는 숯 공장에 갔었다. 나를 고용하라고 말씀드렸다. 하지만 사장님은 일이 너무 힘들다고 했다. 하지만 난 해야 했다. 참숯 생산 과정을 알아야 했기 때문이다.

아침 6시 반부터 밤 8시까지 근무라고 한다. 근무 첫날이다. 일이 힘들긴 힘들었다. 6시 반에 일어나 200미터쯤 되는 경사길을 쓸어야 했다. 승용차 두 대가 지나다닐 너비에 양쪽으로 우람하게 자라난 나무들이 계속해서 뿌려대는 낙엽들을 치워야 했기 때문이다.

30미터쯤 쓸었나… 팔에 힘이 다 빠진다. 열 번 이상을 쉬어가며 간신히 낙엽들을 치운다. 그리고 아침식사. 7시 반쯤 대형 트럭이 한 대 들어온다. 그러면 한 박스에 25킬로그램에서 35킬로그램 무게의 숯 수백 박스를 트럭에 가득 채운다. 그것이 일의 시작이며 아침 워밍업이라고 한다. 저녁 8시까지 일 마치고 샤워를 하면서 지친 몸을 달래본다.

바로 곤히 잠이 든다. 알람을 맞춰놨는데 그 전에 눈이 바로 떠진다. 밖은 컴컴하다. 핸드폰 시계를 보려하는데 몸이 움직이질 않는다.

온몸에 돌덩이가 달린 느낌이다. 조금씩 조금씩 움직여본다. 간신히 엉금엉금 기어서 시간을 본다. 새벽 4시! 앉아본다. 온몸이 쑤셔서 꼼짝을 못 하겠다. 큰일이 난 것이다. 난 어떻게든 여기서 일하며 참숯 만드는 과정을 터득해야 하는데….

여기서 포기할 수 없다. 하지만 일을 더 하기가 어렵지 않은가! 한번 모험을 하기로 했다. 1.5리터 페트병에 물을 가득 채워 간신히 숯가마에 들어가 앉아본다. 제발 효과가 있기를…. 하늘은 날 거부하지 않았다. 놀랍게도 한 시간이 지나고 나니 온몸이 한없이 가볍지 않은가!

그래서 난 새벽이면 매일 물을 담아 가지고 숯가마에서 땀을 흘리며 내 체력을 복구하면서 일을 할 수 있었다. 그랬다. 난 최선을 다했다. 나도 이제는 돈을 벌 자격이 있지 않겠는가 하는 자긍심이 들었고 또 자신감도 생겼다.

하지만 결론적으로 말하자면, 약 2년 동안 씨름을 했지만 실패의 고배를 마셔야 했다. 괴롭고 힘들었다. 그때 친분 있는 선배가 전공을 살리라고 했다.

난 싫었다. 하지만 어쩌겠는가… 나도 밥을 먹고 살아야 하는 것을….

기공사들은 가끔씩 전공을 뒤로한 채 외도를 하기도 한다. 이것이 애착을 갖고 일할 직업이 아니라는 것을 증명이라도 하는 듯하다.

기공사 일 년 차 직원이 술 한잔하자고 한다. 자기 적성에 안 맞는 것 같다고, 접어야겠다고…. 거기에서 난 뭐라고 얘기해주었겠는가….

참으리고? 좀 더 노력해보리고? 그렇게 대답해주는 것은 나의 위선이고 가식이라는 것을 알기에…. 그렇다고 이제 와서 다른 길을 선택하라고 말하지도 않았다.

일 년 차가 무얼 알겠는가! 기공의 어려움을 알면 얼마나 알겠는가! 하지만 그 후배의 결정을 반대할 생각은 없다. 나 자신도 회의를 갖고 있기에….

치기공과가 계속 증설되고 있지만 기공소에서는 일, 이 년 차 기사 구하기가 힘들다 하신다. 이유가 있지 않겠는가!

수기 3

과거 일이 떠오른다. 처음 수능을 보았다. 나는 학력고사 세대지만 이리저리 공부하느라 허송세월을 보내고 있었다. 슬럼프가 찾아왔고, 또 그 주기가 너무 자주 찾아왔다. 슬럼프 시간도 길어졌다. 힘들었다.

할 줄 아는 건 공부밖에 없는 나에게 슬럼프는 엄청난 공포였다. 그때 부모님한테서 연락이 왔다. 대학을 다니면서 좀 쉬라고…. 친구들도 만나고, 요양이라고 생각하면서 재충전하라고….

부모님은 부자가 아닌 서민이시다. 그런 분들이 내가 힘들어하고 고통스러워하는 것을 알기에 결정을 내리신 모양이다. 그래서 난 급하게 두 달 정도 공부해서 수능을 보았고 전공은 아무것이나 상관없었다. 그러나 우연히 학교외 과별로 커트라인을 보게 되었는데 치기공과가 가장 점수가 높았다. 순간 난 당황스러웠다. 치기공과라는 것은 처음 들어봤고 뭘 하는 곳인지도 몰랐기 때문이다.

하지만 난 전공에 연연하지 않았기에 이왕이면 점수가 제일 높은 치기공과에 다니기로 했다. 한 학기가 지났을까? 어렴풋이 알게 되었다. 무엇을 하는 곳인지….

어머니 친구분들은 어머니를 부러워하셨다. 이젠 고생 끝이라고… 아들이 졸업만 하면 돈 걱정은 안 해도 된다고… 치과 계통이라 돈 많이 벌 거라고….

어느 날 교수님이 기공소 구경하러 가신다고 같이 가고 하신다. 가슴이 두근거린다. 어떤 곳일까?

내부는 어두웠고 깨끗한 분위기는 아니었다. 그렇지만 내 눈엔 일하고 계시는 기공사 분들이 한없이 존경의 대상이 되어버렸다. 그렇게 나의 기공사의 길은 시작되었다.

방학 때면 어김없이 기공소에 실습을 다녔다. 하지만 난 거기에 만족할 수 없었다. 그래서 수업만 끝나면 무조건 기공소에 갔다.

도착하자마자 난 청소부터 했다. 그리고 선배님들이 일 하시는 것을 유심히 보게 되었고 일을 시켜주면 최대한 열심히 했다.

1학년 겨울방학, 어김없이 기공소에 실습을 갔는데 소장님이 부르신다. 틀니 만드시는 기사 분도 계신다. 지금 부터 한 파트에 매진하는 것이 어떠냐고… 나이가 있기에 지금부터라도 파트를 빨리 결정하는 것이 도움이 될 거라고…. 난 이틀의 시간을 달라고 했다. 그리고 고민 끝에 틀니 파트를 하기로 결정하고 소장님께 답변했다.

그렇게 난 학생의 신분으로 본격적인 기공소 생활을 시작하게 되었다. 방학 때면 아침 9시에 출근해 청소하고 그리고 난 틀니 메인기사님의 보조기사가 되어버린 것이다. 밤 10시에 퇴근하면 나도 10시에 퇴근했고 12시에 퇴근하면 나도 그랬다.

2학년 가을 학기에 틀니 배열 실습 시간이 있었다. 난 전공 책을 섭렵해가며 하나하나 차분히 배열해나갔다. 검사를 한 교수는 날 부른다. '기공소로 실습 나가는 것을 난 알고 있다. 이건 학생의 작품이 아니다. 기공사가 해주었냐'라고 내게 따져물었다. 그리곤 배열을 다 뜯어내고 보는 앞에서 재배열하라고 했을 땐 화가 치밀어올라 언성을 높이며 다투기도 했다.

3학년 때도 배열 시간에 임상교수가 똑같은 말을 반복했고, 난 틀니 분야에 자신감이 생기게 되었다.

하지만 졸업 후가 문제였다. 남보다 초봉은 더 받고 입사했지만 허드렛일만 반복될 뿐···. 2, 3년이 지났을 때는 오히려 동기들보다 내 실력이 뒤처지게 되었고 난 회의감에 젖었다. 시간이 좀 더 지나 메인기사가 되었지만 난 지방 소도시의 메인기사일 뿐, 기술 수준은 열악할 수밖에 없었다.

서울로 상경했다. 테스트를 보았다. 하지만 나를 테스트한 소장님들은 날 채용하지 않았고 한 달 정도 근무하다 기술 부족으로 쫓겨나야만 했다.

하지만 난 포기할 수 없었다. 공부했다. 공부하고, 또 공부하고…. 기공소마다 다니며 기사 분들이 작업하는 것을 지켜보면서 궁금한 점은 질문도 했다. 그렇게 힘겹게 공부하고 버티며 이삼 년이 지나자 난 드디어 메인으로 인정받게 되었다.

많은 일들을 소화해가면서 경험을 축적할 수 있었고 노하우도 생기기 시작한다. 이제는 보인다. 내 전공 파트에서 A급은 어느 정도고, B급은 어느 정도인지…. 그러나 최고는 없는 법이란 것도 알고 있다. 내 위에는 누군가가 군림할 것이고, 또 그 사람 위에는 누군가가 군림할 것이라는 것을….

기공사는 어느 정도 수준에 도달하면 근무환경이 바뀌더라도, 기술 방식이 조금씩 다르더라도 한두 달 안에 적응할 수 있다. 왜냐면 근본은 똑같으므로 조금만 응용을 하면 되기 때문이다.

하지만 그 근본을 알기까지 얼마나 수많은 노력을 해야 하는지… 그리고 백수 아닌 백수생활을 얼마나 해야 하는지를 난 잘 알고 있다. 근본을 마스터하면 두려워할 것이 없다는 것도…

수많은 기공사들이 그 근본을 자기 자신의 것으로 만들기 위해 얼마나 노력하는가! 지금 이 순간에도 수많은 베테랑 기공사들이 세미나를 듣거나 공부하며 더 나은 기공기술 연마를 위해 노력하는 이가 허다하다.

그들에 비하면 아직도 난 더 노력하고 공부해야 한다는 것을 알고 있다. 하지만 우리 기공사들의 처우를 볼 때면 서글퍼지고, 그것이 기공사들의 현실이라는 것을 알기에 자포자기의 심정이 되어버린다.

혹자는 내게 이런 말들을 한다. 폐품을 팔며 간신히 살고 있는 서민들을 보라. 그것에 비하면 당신의 사고는 사치다. 맞는 얘길까?

수기 4

당신은 항상 힘들어도… 항상 어려워도… 당신보다 어려운 분들을 생각하면서 항상 마음을 부자로 만들며 살고 계십니까? 아니면 그러지도 못하면서 날 위로하려 마음에 없는 얘기를 하는 건가요?

난 종교가 없습니다. 그래서일까요? 감사하며 살 줄 모르는 것이? 저는 지극히 자본주의에 물들어 살아가고 있는, 평범한 대한민국 서민입니다.

어느 직종에 있든 자신의 분야에 불만이 없는 이는 없을 것이고, 좀 더 연봉이 많았으면… 승진했으면… 하면서 살아갈 것이고, 그런 이들과 저는 다를 바 없는 평범한 직장인입니다.

제가 제 분야에 이렇게 부정적이고 우울한 마음을 갖고 있는 것을 글로 표현하는 것은, 누구나 잘못 알고있는 우리 기공사들의 생활을 알리려고 하는 것 이외에도 이 글을 읽고 있는 치기공사들, 치기공과 학생들, 치과의사들, 보건복지부 소속 공무원들… 모두가 다 같이 반성하고 보다 나은 업계가 되길 바라는 기공계의 염원을 알아주셨으면 하는 마음뿐입니다.

근본적인 문제를 해결하지 못하면 앞으로 우리 기공사들의 기술 수준은 더 나아지기 어려울 것이며 10년 후 3D 업종이 되어버리면 후진국의 기공사들이 우리의 기공소에서 근무하는 날이 머지않아 다가올 것이고 그러면 저품질, 저단가의 기공물들이 쏟아져나올 것이고 결국 피해는 국민들에게 돌아간다는 것을 명심해야 할 것입니다.

아직까진 우리나라의 기공 수준은 매우 높습니다. 이것을 더 이상 저하시키면 안 되지 않겠습니까! 더 이상 늦추지 맙시다! 아직도 자신의 기술 수준을 높이기위해 기술 연마에 매진하는 기공사들이 지금도 우리나라 기공계의 버팀목이 되고 있습니다. 이들에게 삶에 희망을 주고 앞으로의 비전이 밝음을 보게 합시다.

다른 선진국들처럼 저급의 외국 기공사들을 고용해서 저품질의 제품이 나오지 않게 합시다. 똑똑하고 근면성실한 우리나라 치기공사들이 오로지 자신의 직종에만 몰두할 수 있도록 우리 모두 도와주시기를 간곡히 부탁드립니다.

누군가가 제게 질문을 합니다. 나이는 50대 초반쯤 되신 분인데 건설업을 하시는가 봅니다. '당신의 꿈은 무엇이요?' 저는 조금도 주저하지 않고 답을 합니다. 저는 꿈이 없습니다. 그리고 꿈꿀 만한 목표가 제 주위에는 보이지 않습니다.

그러자 그분은 이내 실망의 눈빛을 보냅니다. 하지만 저는 그분께 아부할 마음도 없고 또 제 자신에게 거짓말도 하기 싫었기 때문에 신경 쓰지 않았습니다.

그러자 그분은 또다시 저에게 질문을 던집니다. '당신이 이 세상에서 제일 잘하는 것은 무엇입니까?' 저는 또 주저 없이 대답합니다. 하나도 없습니다. 제게 그런 것이 있다면 이렇게 열악하게 살고 있겠냐고….

이십 대 때, 그리고 삼십 대 때에도 저에겐 꿈과 목표가 있었습니다. 그러나 이제는 그런 것들에 지쳐버렸습니다.

누군가가 저한테 사람에게는 운명이 정해져 있다고 말을 할 땐 저는 그 사람을 한심하게 쳐다보았습니다. 나는 나약한 인간과 대화하고 싶지 않았습니다. 운명은 개척하라고 있는 것이므로 운명이니, 팔자니, 이런말들은 한참 가슴이 뜨거운 그때의 나에게는 한심한 인간들의 메아리로 들렸습니다.

이제 나도 한심한, 나약한 인간이 되어버린 걸까! 지금 난 운명이라는 걸 믿게 되었습니다. 팔자려니 하는 생각도 합니다.

무엇이 나를 이렇게 변하게 한 것일까? 세월이 지나 나이가 들어서일까?

아니면 내 자신이 너무 무능해서일까?

수기 5

나의 인생이 가장 소중하다고 생각이 들 때가 이삼십
대 때일 것이다. 왜 그럴까? 아마도 그땐 꿈이 있었고
목표가 있었고 그것을 위해 노력하고 괴로워도 하고…
그렇지만 앞으로의 미래는 달콤할 것이라 생각했기에
삶이 소중했다.

이제는 나의 현재도 그렇지만 미래에 더 나아질 것이란
희망이 없기에 삶이 무의미하기만 하다.

나는 지금 얼마나 불행하게 살고 있는가! 젊다면 한없이 젊은 나이라는 걸 알고 있다. 지금 무엇이든 다시 시작해도 늦지는 않다는 것도 알고 있다. 그러나 무엇을 다시 시작해야 하는지 모르겠다.

무엇을 해야 다시 예전처럼 꿈과 희망을 품으며 삶이 소중하다고 느낄 수 있는지 모르겠다는 것이 더 답답할 뿐이다.

내 나이에 다시 인생의 청년기가 될 수 있으면 얼마나 좋을까! 내 나이가 한없이 젊다고 느낄 수 있으면… 지금부터라도 내가 내 운명을 개척할 수 있다고 생각할 수 있다면… 내 인생과 삶이 참으로 예쁘고 소중하다고 말할 수 있다면….

다시 나는 어린아이가 되어버렸다. 뭘 해야 하는지, 무엇이 옳은 삶이고 무엇이 내 정신을 풍요롭게 하는지 모르는, 철부지 어린아이가 되어버렸다.

배고프면 밥을 먹어야 하고… 술이 고프면 술을 먹어야

하고… 그것마저 안 되면 짜증 내며 어리광 피우고….
무엇이 중년 남성의 정신세계를 어린아이의 세계로 만
든 것일까? 언제까지 누군가가 나의 어리광을 받아 들
어줄까?

아직도 나의 정신은 방황 중이다. 삶의 풍요로움을 추
구하지만 뜻대로 되지 않는다. 오랜 친구에게 전화하지
만 밝은 모습을 보여준 지 오래된 듯싶다. 친구들, 후배
들에게 상담하듯 고민을 들어주며 희망을 줄 수 있다는
것이 나의 장점이 아니었든가! 그런 내 자신을 친구들,
후배들이 얼마나 좋아했던가! 그런데 왜 난 어느 순간
부터 내 마음의 문을 닫아버렸나!

왜 그럴 수밖에 없었나! 기술 계통에 종사해서 그런가?
그래서 감정의 물이 메말라버려 그런가?

내 인생에 자신감이 결여되어 있어 그렇지 않을까? 내
가 내 직업에 자긍심을 갖지 못하는 삶에 회의감을 느
껴서 그런 것이 아닐까?

어느 치과기공사의 수기

일을 마치면 피곤함이 엄습한다. 간단히 술 한잔하며 피로와 스트레스를 해결한다. 하루하루 반복되는 이것이 한 달이 되고 일 년이 되고 이 년을 넘어 지금까지 반복된다. 감정이 메마를 수밖에 없는 삶이다.

책을 언제 읽어보았나? 전공 책을 제외한 만화책이라도 보았던가!

무엇이 인생의 달콤함을 주는지, 무엇이 나의 마음에 행복감을 채워주는지 나는 모른다. 그래서 삶에 있어 더 방황하는지도 모른다.

사춘기 청소년들의 방황과 중년인 나의 방황이 무엇이 다른가! 창피하고 부끄러울 따름이다.

남부러울 것이 없던 20대! 돈이 많아서도 아니었고 친구가 많아서도 아니었다. 꿈이 너무 많았기 때문이다. 꿈만 많았을 뿐인데 왜 그리 행복했던가! 왜 그리 가슴이 벅찼던가!

기공의 기술을 연마할 때도 행복했다. 경제적으로 어려 웠어도 희망과 꿈이 있었기 때문이다.

아버지가 심장병에 걸려서 병원에서 치료 중이시다. 형 이랑 조심스레 얘기를 나눠본다. 길게는 삼 년 동안 사 시지 않을까 하고 얘기를 나눠본다. 얼마 남지 않았을 아버지한테 난 뭘 해드릴 수 있으며, 무엇으로 위안을 삼게 해드릴 수 있는가!

사춘기인 저를 아직도 인도해주셔야 할 부모님이 이제 는 연로해지셔서 죽음의 문턱을 드나들 정도가 되어버 렸다. 그런데도 나는 아직도 성장이 멈춰 있다. 이런 내 모습에 아버지는 어떤 생각을 하고 계실까?

앞으로 길게는 삼 년! 난 무엇을 하며 어떻게 해야 아버 지께 못난 자식이 아닌, 당신의 생각에 흐뭇함을 느끼게 할 자식이 될 수 있을까?

사춘기인 나는 아직 모르겠다.

아버지! 삼 년 안에 저는 성년이 될 자신이 없습니다. 그 시간은 저에겐 너무 짧습니다.

병원을 찾았다. 아버지 표정이 밝으시다. 너무나 반가 워하시는 아버지의 반김에 한없이 감사함을 느낀다. 내 가 효도한 것도 하나 없는데 왜 이리 반겨주시는가! 그 것이 부모의 마음일까? 사춘기 소년이 왔는데도 웃음을 잃지 않으신다.

혹자는 나한테 그럴 것이다. 왜 모든 삶을 그렇게 부정 적으로 바라보는지… 안타까워할지도 모른다.

핸드폰에 카톡이 온다. 원주에 살고 있는 누나가 또 카 톡을 보낸다. 누난 항상 장문의 좋은 글귀를 따서 나에 게 보낸다.

하지만 그 좋은 글귀에 난 감동을 잘 못 느낀다. 또 삶을 거창하게 포장한 휘황찬란한 글귀가 왔구나 하고 생각 할 뿐이다.

난 말장난을 좋아하지 않는다. 특히 글귀에 포장하는 말
장난을…. 삶에 대해 진정성이 있는가? 그리고 진정성
있게 여태껏 살아왔는가? 가슴이 따뜻한가? 아니, 뜨거
운가?

『얼음의 도가니』라는 제목의 책이 생각난다. 열을 가해
야 하는 도가니가 얼음이다. 이미 도가니의 생명을 잃은
것이다.

이 세상에 얼음으로 만들어진 도가니가 얼마나 많은가!
보기에는 예뻐 보일지 모르지만 전시용일 뿐, 제구실을
못 하는 도가니가 세상엔 얼마나 많을까? 이미 내가 얼
음의 도가니가 되어버렸는지도 모른다.

겉은 그럴싸할지 몰라도 난 이미 내 구실을 제대로 못
하고 살고 있는지도 모른다. 꿈이 무엇이냐고? 도가니
역할도 할 줄 모르는 얼음 조각한테 무슨 대답을 기대
하며 질문한 걸까?

수기 6

난 내리막을 걸을 자격이 없다. 왜냐면 정상에 도달해보지 않았기에…. 그럼에도 내리막길을 택한다면 그건 인생의 내리막도 동시에 선택하는 것과 다를 바가 없을 것이기 때문이다.

다시 한번 힘을 내보자. 다시 한번 도전해보자. 다시 한번 꿈을 꿔보자. 다시 한번 동기부여를 해보자. 20대 때로 돌아가보자. 다시 한번 행복해져보자. 사춘기의 긴 방황에서 벗어나 희망을 먹고사는 청춘이 되어보자.

아버지! 당신은 항상 늠름한 저를 기대하시며 또 그런 모습을 보는 걸 좋아하신다는 것을 알고 있습니다. 아직도 많이 부족한 저를 아버지께서는 알면서도 모른 척하시며 칭찬해주고 대견해해주시는 걸 저도 알고 있습니다.

아버지! 못난 아들을 사랑해주시는 걸 저는 감사해합니다. 못난 아들을 대견해해주시는 것 또한 감사합니다. 병원에서도 당당함을 잃지 않으시려는 아버지 또한 저는 감사하게 생각합니다.

아버지! 병원에 입원한 후로 카톡이 하루에 수십 통 올라옵니다. 육 남매인 저희는 큰형님이 주축이 되어 가족 단톡을 만들어 수시로 아버지의 상태와 경과 등을 수시로 카톡에 올리며 우리 형제들의 끈끈한 우애를 다시 한번 확인하는 계기도 되었습니다.

아버지! 끝까지 병마와 싸우시며 꿋꿋한 우리 가족의 버팀목이 되어주시기를 기도드립니다.

아직까진 건강한 우리 어머니! 어머니는 어디도 아프시면 안 되는걸 잘 아시죠? 어머니가 건강을 잃으시면 저는 가슴이 아려 버틸 자신이 없습니다. 괴로워 미쳐버릴 것 같고 생각만 해도 눈물이 흐를 것 같습니다.

사랑하는 어머니! 지금처럼만 이십 년 동안만이라도 건강히 오래오래 살아주십시오. 아들이 눈에서 피눈물을 흘리지 않게 늘 건강하세요.

어머니는 늘 그랬다. 공부하고 있으면 밤 9시에 방에 들어오신다. 그만 공부하고 빨리 자라 하고 나가십니다. 다시 한 시간 뒤 아직도 안 자냐며 불을 아예 끄고 나가십니다. 저희는 투덜대며 다시 불을 켜고 공부했던 기억이 납니다. 그런 어머니가 더 배우고 싶어하는 자식의 요청에는 쪼들리는 형편에도 언제나 뒷바라지를 해주셨습니다.

대학원을 가고 싶다는 형의 간곡한 부탁에 어머니는 허락해주셨습니다. 당신을 위해서는 돈 한 푼 쓰지 않으시면서… 추운 겨울에도 밖에 앉아 배추를 다듬으며 장사

하는 모습을 저는 잊지 못합니다. 손마디는 항상 갈라져 있었고, 감기를 항상 달고 다니셔도 끝까지 일에서 손을 놓지 않으셨지요. 그래야 우리 육 남매를 교육시킬 수 있었으니까요⋯.

이제야 어머니는 노인정에도 놀러 다니시고 친구분들도 만나시며 여생을 보내십니다. 그것도 이제야⋯.

수기 7

맞은편에 앉아 있던 친구가 고 노무현 전 대통령 말투를 흉내낸다. 난 이렇게 말한다. 그분이 돌아가신 게 너무나 아쉽다.

휴가 때나 시간 여유가 될 때 봉하마을에 찾아가 맛있는 것도 먹고 그분을 만나뵙고 손 한번 잡았으면 얼마나 좋았을까….

수많은 사람들이 봉하마을로 찾아가면 그분은 사람들

앞에서 덕담도 주고받고 악수하며 서민 곁으로 돌아오셨다.

우리나라 최고의 관광명소가 사라진 것이 너무나 아쉽다. 그분 자체만으로도 우리 국민들의 정신적 휴식처가 될 수 있었고 멋진 여행코스가 될수 있었는데 이 세상에 안 계신 것이 너무나 존경했던 나로서는 한없이 마음이 아프다.

그분은 워낙 논점이 확실하다 보니 어느 누구도 그분과 토론의 상대가 되지 못했다. 하지만 그분도 사람이었기에… 신이 아니었기에… 국정운영을 하시면서 완벽할 순 없었다. 그러나 그렇게까지 결백해야 하나…. 왜 스스로 이 나라 국민들이 사진으로만 보게 만드셨는가!

사람이란 항상 자신의 행동에 책임을 져야 한다. 그러나 그분은 우리를 너무나 안타깝게 만든다. 그분이 어떤 잘못을 했는지, 어떤 책임을 져야 하는지는 나도 정확히 모른다.

그러나 그분은 무언가 자신에게 스스로 부끄러움을 느끼셨을 것이다. 수치심을 느끼셨을 것이다. 그렇기에 결심한 것이 아니신가….

나는 이렇게 생각한다. 죽음을 택하는 것은 힘든 삶을 견디는 것보다 쉬운 일이라고…. 이 치열한 현실의 삶에… 무게감이 한없이 짓누르는 이 삶에… 온갖 수모와 수치감을 억누르고 살아야 하는 이 삶에….

그래도 참고 버티며 살아가는 삶이 숨을 쉬며 살고 있는 우리에게 주어진 의무가 아닐까 싶다.

난 예쁜 꽃을 보아도 예쁜 줄도 모르고 산 지 오래다. 멋있는 시 한 편을 읽어도 감명을 잘 못 느낀다. 삶에 찌들어 감성이 메말라버린 지 오래다.

벗이 당구를 할 수 있는가 물어본다. 한때는 너무 재미있었다. 그렇지만 재미있어서 그만두었다. 왜냐면 내 삶의 공부가 우선이었기에….

클래식을 좋아하냐고 물어본다. 한때 미친 듯이 좋아
했었다. 하루 종일 틀어놓고 심취하면서 녹아들었었다.
그러나 더 깊이 들어가지 않았다. 그럴 시간이 없었기
에….

여행을 많이 다녀보았냐고 물어본다. 난 그렇지 않다고
대답한다. 그건 유희에 불과하다고 생각했기에…. 난 그
런 삶을 살았던 사람이었다.

고1 때였던 것 같다. 친구가 시내 구경 가자고 한다. 난
호기심에 같이 시내에 나갔다. 너무나 휘황찬란했다. 대
낮같이 밝은 네온사인에 난 그만 충격에 빠져버렸다. 난
친구와 헤어진 후 책상에 앉아 책을 보지 못했다.

공부를 할 수가 없었다. 잠이 쉽게 오지 않는다. 가슴이
쿵닥쿵닥 뛰었다. 그다음 날 다시 그 친구가 시내 구경
가자고 했다. 난 단번에 거절했다. 좋은 구경거리보다
공부가 우선이었기에….

난 아는 길이 학교 가는 길밖에 모르고 살았다. 그리고

고등학생 때까지 낯선 길은 가보지 못했다. 그럴 필요를 느끼지 못했기 때문이다.

입시가 끝난 후 난 친구와 처음으로 호프집에 갔다. 물론 그 친구도 그런 경험이 처음이었다. 우린 500cc 호프 두 잔을 시켰다. 그러나 우리는 대화가 불가능했다. 호프를 마시기 시작한 후부터 그 친구와 나는 5분마다 번갈아가며 화장실에 들락거려야 했기 때문이다. 웨이터의 눈길이 몹시 따가웠지만 우린 한 잔씩 마시고 술에 취해 밖으로 나왔다.

그 후론 안 가본 커피숍이 없을 정도였다. 분위기가 괜찮으면 그곳에 서너 번은 갔었다. 그때는 무슨 그리 할 얘기가 많았던가…. 커피 한 잔에 서너 시간씩 앉아서 우린 무슨 얘길 했던가….

우린 어른이 되었을 때를 가정해 희망에 가득 찬, 꿈같은 얘기를 나누었다. 그때의 희망대로만 되었더라면 지금쯤 천국에서 사는 듯한 삶이 되었을 것이다.

순수하다는 것은 참으로 위대했다. 우리는 항상 꿈속을 걷고 있었고… 그리고 우리는 머지않아 현실이 되리라 여겼다.

그랬던 벗과 이제는 별로 할 얘기가 없다. 안부 인사 하고 나면 뭘 해야 할지 모른다. 그 벗도 마찬가지다. 이것이 청춘과 중년의 가장 큰 차이점인가보다….

꿈과 현실의 차이점인가보다….

수기 8

이제 50의 나이가 다 되어 고향에 돌아온다. 어머니가
계시다는 것만으로도 고향이 따뜻하다.

김씨 아저씨, 전씨 아저씨 등과 같은 벗들이 있어 더 따
뜻하다.

인생은 몇 부작일까…. 드라마든, 영화든 항상 마지막
회엔 해피엔딩으로 끝나더라. 지금의 내가 인생의 마지
막 회라면….

난 우리 기공사들의 어두운 면만을 유난히 부각시킨 면이 없지 않았다. 우리들의 생활 속에서도 당연히 희로애락이 있다는 것을 알고 있다.

당신보다 힘들게 생활하는 서민을 보라고 했을 때 난 격하게 반응했었다. 혜민 스님이 하신 말씀을 인용하려 한다. '지금 처한 상황을 아무리 노력해도 바꿀 수가 없다면 이 상황을 바라보는 내 마음가짐을 바꾸십시오. 그래야 행복합니다.'

너무나 어려운 이 숙제를 난 평생 동안 가슴속에 달고 살 수 있을까….

내가 만약에 물가에 대비해 기공수가를 올리고 또한 우리 기공사들의 경제적 풍요로움의 해법을 찾을 수 있다면 얼마나 좋을까….

그러나 협회에 종사하시는 분들과 많은 노련한 소장님들이 찾지 못했던, 너무나 어려운 일이며 그걸 내가 알아낸다는 것은 거의 불가능에 가깝다.

어느 치과기공사의 수기

치과는 우리의 소비자다. 소비자는 좋은 품질과 더불어 저렴한 가격을 선호하는 것은 당연하다. 그러므로 우리가 치과의사들을 탓할 문제는 아닌 듯싶다.

보건복지부는 어떤가? 물가 대비, 재료 값 대비 기공수가를 현실성 있게 정해놓으면 어떨까….

그런 정책들을 준비는 하는 것일까? 국회의원들은 어떤가? 단 한 명이라도 우리에게 관심을 가져주며 법안을 발의해줄 사람은 있는가…:

이런 문제들은 협회에서도 계속 고민하며 추진하고 있을지 모른다. 정부에게 부탁의 말씀을 드린다. 대한치과기공사협회에서 정부에 여러 가지 제안하는 것이 분명 있다. 그것을 정부에서는 외면하지 말기를 부탁드린다.

우리가 정부에게 공돈을 달라고 하는 건 아니지 않는가! 단지 우리 기공계의 현실을 정확하게 분석하고 관심을 가져달라는 것뿐이다. 우리의 직업에 자부심을 갖게 해달라는 것뿐이다.

소장이 된 지금의 난 기공소와 치과는 서로 상생한다는 것을 알게 되었다. 서로 윈윈하기 위해 손발을 맞춰가며 최상의 서비스를 제공해야 한다는 것도 알게 되었다.

소장으로서 첫 발걸음을 내딛는 나는 내일 곁에 있는 바닷가에 캔맥주 하나 사들고 가야겠다.

거친 파도가 내 앞에 끊임없이 몰아칠 것이다. 난 그 앞에서 추워도 꿋꿋이 버티며 캔맥주 한잔 마시련다.

수기 9

날씨가 추워지니 외로움을 느낍니다. 구구절절히 사랑했던 순간들이 떠오릅니다. 누구를 제일 사랑했을까요? 야속하게도 저는 하나님을 사랑했습니다.

보지도 만지지도 못하는…. 너무 힘들었습니다. 사랑이 깊을수록 그만큼 고통도 더욱더 너무나 깊어집니다.

하나님의 삶이 궁금해져 성경책도 보았습니다. 너무나 감동적이었고 더 사랑하게 되었던 것 같습니다. 차 안에서 찬송가를 은은히 틀어놓고 눈을 감고 있으면 하나님은 저와 데이트하러 서슴없이 달려와줍니다.

저는 데이트하면서 왜 눈물과 콧물이 뒤범벅되어 화장지 찾기에 급급했을까요?

하나님은 항상 제 편에 서주셨습니다. 또 제 마음을 어루만져주셨습니다.

하루에 서너 시간씩 제게 시간을 내주셨던 분, 너무나 감사했습니다.

저는 잊어야 할 사람이 있으면 제일 먼저 전화번호를 지웁니다. 술에 취해 전화할까 하는, 추한 모습을 보이고 싶지 않기 때문입니다.

저도 하나님과 이별하기 위해 성경책을 치워놓습니다. 보이지 않는 곳에….

엔돌핀이 너무 과도한… 그래서 허공 속에서 맴돌아야

만 하는 사랑… 그립기도 하지만 너무나 힘들어 다시는 그런 사랑 하고 싶지 않습니다.

사랑이 열매를 맺어 그 사랑과 평생을 같이할 수 있다면 축복받은 사람인 것 같습니다.

나는 왜 이 세상을 무심하게만 쳐다볼까요? 그건 무심하게 쳐다보는 것이 아니라 무심한 척, 관심 없는 척하는 저의 위선입니다.

냉커피를 거침없이 들이켰던 저는 이제 따뜻한 커피가 생각납니다. 추워진 날씨만큼 제 마음도 추워졌기 때문이지요….

이 세상에 혼자라고 느껴지시는 모든 분들… 누군가를 사랑하는 것이 어떨까 생각합니다.

신이든… 사람이든…. 도파민이 넘쳐나도… 그래서 허공을 맴돌아도….

그래도 그런 것이 행복이라는 생각이 듭니다.

수기 10

코로나는 우리 세상이 너는 너, 나는 나가 아니라 우리
가 같은 공동체라는 것을 일깨우게 한다.

내일부터 내가 살고 있는 고향에서 거리두기 단계를 오
히려 내린다고 한다. 행정을 왜 이렇게 하는가 하고 의
문을 가진 채 흥분을 하며 민원을 제기하려 했지만, 내
이웃이 잘살아야 나도, 그리고 우리도 더불어 행복해질
수 있다는 생각이 드는 지금 정부에서 거리두기 3단계
를 못하는 이유를 난 내 고향에서 느끼게 된다.

어느 치과기공사의 수기

하지만 거기에서 또다시 갈등을 느끼게 하는 건 우리의 또 다른 이웃이 그에 따른 고통을 짊어지고 가는 것이 안쓰럽기 때문이다.

화장실에 갈 시간 없어 기저귀까지 차며 근무해야 하는 선별진료소 간호사님들, 하루 종일 서서 근무하면서 발바닥이 썩는 것 같은 고통을 호소하는 이분들의 고통에 우린 뭐라 해야 하나….

지인들 만나 술 한잔하는 것에 눈치 봐야 하는 이 세상… 밤늦게 몰래 지인들 만나다 기사화되면 비판받아야 하는 이 세상… 믿음을 가진 종교인들이 비판받으며 의지할 곳 없는 이 세상… 결혼식을 올리고 할머니한테 인사 오겠다는 걸 코로나로 반대하셔야 하는, 야박해야만 하는 이 세상….

설마 일 년 내에 완벽한 백신이 나오겠어 하는 무능한 우리 정부의 미숙한 백신 확보 능력… 밑에서 코로나로 신음해야 하는 이 세상… 국시 거부 의대생에게 회초리를 들었다가 사과 한마디 듣지 못하고 다시 포용해야 하는 이 서러운 세상….

더불어 잘살아야 하는 이 세상에 코로나 특수로 호황을
누리는 업체들을 바라보기만 해야 하는 이 더러운 세상….

내 자신과 내 이웃을 위로해줄 덕담 한마디 할 능력 없
어 시 한 편 인용해본다.

포위망 좁혀와도 맡은 자리 잘 사수해
포연 걷히거든 우리 한번 만나자며
날아든 친구 목소리 희망처럼 반짝인다.

수기 11

종교는 믿음을 통하여 자신의 행복을 채워놓으면서 시작된다.

그러나 정도가 지나쳐 세뇌가 된다면 그것이 올바른 종교인가?

자신의 생각이 분명히 옳다고 생각할 수 있다. 그러나 그 생각에 남의 의견이 받아들여지지 않거나 무조건 거부한다면 그건 분명 세뇌다.

그것 때문에 사이비 종교라는 말이 생겨나는 것이다. 사후의 천국이라는 맹신하에 이 세상의 삶은 포기해야 하는가?

그 또한 세뇌다.

어머니는 불교를 섬기시지만 하나님을 섬기는 자식에 대해 반대하지 않는다. 종교의 믿음으로서 이 세상을 잘 헤쳐나가 행복한 삶을 살기를 바랄 뿐이기 때문이다. 이것이 종교의 궁극적인 목표가 되었으면 한다.

어느 종교든 죽은 사람 만나본 종교가 있나? 왜 겪어보지 못한 사후의 행복을 논하면서 현실의 삶에 세뇌를 시키는가!

사후의 편안한 삶을 생각하는 것 역시 종교의 믿음을 유지하는 작용도 한다. 하지만 이 세상에 난립하는 사이비 종교들 때문에 묵묵히 헌신적인 종교생활을 하는 분들에게 너무 많은 피해를 끼치고 있다는 것이 안타까울 따름이다.

종교의 자유는 분명 옳은 일이지만 사이비 종교의 난립은 수많은 사람들을 피폐하게 만드는 것이고 그 교주는 정신과에서 치료받길 권한다.

절에서 떡과 나물을 싸들고 오시는 어머님의 무거운 짐을 풀고 나서 맛있는 먹거리에 배가 불러오지만 절에서 기도하시는 어머님의 뜻이 이루어지길 바랄 뿐입니다.

일요일마다 무척 바쁜 동생 부부의 하나님 신앙은 나를 행복하게 한다. 어머님이나 동생이나 믿음을 통해 현실의 삶을 좀더 긍정적으로 헤쳐나가는 모습에 감명을 느끼기 때문이다.

종교 내에는 왜 방역 기관이 없을까? 격리시킬 사람들에 대해 빠른 조치를 취할수 있다면 이 나라 종교인들은 좀더 나은 행복한 삶을 영위할 수 있지 않을까 하는 아쉬움이 든다.

수기 12

이소룡의 영화를 보고 나니 심장이 뛰었다. 방에 가만히 앉아 있을 수가 없어 마당으로 뛰쳐나왔다.

어… 벌써 적군이 달려든다. 난 앞차기 옆차기 해대며 한 명씩 박살낸다. 그러나 적들이 너무 많다. 나는 휙 소리를 내며 계단 하나를 뛰어오른다.

적군들은 나를 쫓아오지 못해 어찌할 줄 모른다. 나는 또다시 휙 소리를 내며 계단을 뛰어내려와 적군들을 초

토화시킨다. 양손으로 사방을 찔러대고 뒤돌아차기까지 하니 적군들은 도망치기 바쁘다.

나는 옷깃을 여미며 당당하게 집에 들어온다. 그런데 우리 엄마가 난리다. 흙먼지 잔뜩 묻히고 들어왔다고 빨리 다 벗으란다. 기껏 청소해놨더니 이 똥강아지 때문에 못 산다고….

점심 먹고 나니 심심하다. 대문 밖에 삐죽 머릴 내밀며 애들이 없나 했더니 슬슬 한두 명씩 집 밖으로 나온다. 야! 우리 축구 한판 할래?

우린 아랫집 대문과 윗집 대문을 골대 삼아 정구공으로 공을 찬다. 집중, 또 집중… 내가 반드시 한 골을 넣고 말리라. 그때 '이놈들, 저리 안 비켜!'

아줌마가 대문 밖을 나오며 큰소리를 치매 우린 혼비백산하며 도망치기 바쁘다. '아이구, 저놈들 때문에 동네가 시끄러워 어디 살겠나….'

잠시 뒤 우린 다시 모인다. 조용히 하면서 축구하자고 우린 다짐하면서… 하지만 시간이 지날수록 또 집중… 우리가 이기길 고대하며 악전고투할 때 물 한 바가지가 날아온다. '도망가자, 잡히면 죽어!' '거기 안 서, 이놈들아!'

아침에 학교 가려고 가방에 교과서를 담는다. 엄마 아빠는 얼마나 좋을까? 숙제 안 해도 되구 또 선생님들한테 혼날 일도 없구….

부럽다. 엄마 아빠는 나에 비하면 너무 편하게 산다. 집에 오면 가방을 마루에 내던지고 또다시 친구들과 신나게 놀아댄다.

실컷 놀고 배고파 집에 가려 하니 엄마한테 혼날까 봐 들어가지 못하겠다. 맨날 밥을 두 번 차리게 한다고 매일 혼나니 지금 이 시간도 나 혼자만 밥을 안 먹었을 게 뻔하기 때문이다. 대문 밖을 서성거린다. 혼날 생각에 용기가 안 난다.

그때 형이 나온다. '너 뭐 해. 빨리 들어가 밥 먹어.' 그럼

쭈뼛쭈뼛하며 들어가면 욕을 한 바가지 먹고도 밥맛은 왜 이리 꿀맛이던지….

앞집 가게 하시는 아줌마는 참 바보 같다. 과자 사러 돈을 내면 방문을 닫으시며 돈 낸 만큼 가져가라고 하신다. 심장이 두근두근한다. 다른 과자 몇 개를 주머니에 몰래 넣는다. '다 골랐니?' 소리가 들리면 '네… 다 골랐어요' 하고 얼른 나와 맛있게 먹는다.

아줌마는 장사할 줄 모른다. '아줌마, 과자 사러 왔어요…' '그래, 골라서 가져가거라….' 또 문을 닫으신다. 더 많은 과자를 주머니에 넣는데 아주머니 한 분이 들어오시다가 눈이 마주친다. 얼른 밖에 나오니 걱정이 태산이다.

'과자 몰래 주머니에 넣고 하던데 가만히 두면 어떡해요…' '놔둬… 과자 실컷 먹으라고….'

그 소리를 듣는 순간 창피해 죽을 맛이다. 아빠 담배 심부름 시키면 아랫집에 가서 사 오고, 과자도 아랫집에서 사게 된다.

엄마가 심부름을 시킨다. 앞집 가게 가서 참기름 받아오
란다. 난 안 가겠다고 발버둥친다. 엄마의 고함 소리에
난 울음보가 터져버렸다.

오늘도 과자 사러 나오는데 앞집 아줌마가 부르신다. 난
고개를 푹 숙이고 지나치려 하는데, '요즘 과자 사러 왜
안 오니? 돈이 없니?'

아줌마가 보고 싶어 혼났다. '이리 와, 아줌마가 과자 하
나 줄게. 다음부터는 아줌마 과자 좀 팔아줘, 알겠지?'

아줌마는 조금 착한 것 같다. 이제는 앞집 가게에서 아
빠 담배도 사 오고 과자도 산다.

이제부턴 나쁜 짓 안 하기로 마음먹는다. 미안해, 아줌
마… 그리고 고마워요….

수기 13

고등학교 1학년 3월에 첫 모의고사를 본다. 영어 시험을 치른 후에 난 충격에 휩싸여 어찌할 바를 모른다.

너무 어려웠다. 중학교 때하고 너무 차원이 달랐고 앞이 캄캄했다. 점수는 100점 만점에 46점….

반에서 일등 한 친구가 58점이라고 한다. 그런데 유일하게 한 명이 92점으로 전교 1등을 하게 된다.

1학년 2학기 후반쯤에 난 영어 점수 88점을 받게 되면서 반에서 11등으로 출발한 나는 전교 16등으로 급상승하게 된다.

왜 그렇게 됐는지 나도 모른다. 그냥 학교 수업 쫓아가려고 새벽 2시까지 공부한 것밖엔 없었다. 모의고사 볼 때 지원할 학교와 과를 적게 되어 있는데, 이 점수는 고려대에 충분히 합격하고도 남는 점수였다.

전교 1등 하는 친구는 영어가 거의 만점이 나온다고 하는데, 이 친구는 『성문종합영어』라는 교재를 세 번 보았다고 한다.

여기에서 난 독학이라는, 세상에서 제일 어리석은 선택을 하게 된다. 그 친구가 보는 교재를 마스터하리라 결심한 나는 학교 수업을 거부하고 시간이 날 때마다 이 교재를 공부하고 있었다.

하지만 너무 어려웠다. 수개월이 지났지만 난 이 교재를 제대로 한 번 정독하지도 못했고 당연히 성적은 곤두박

질질 수밖에 없었다.

3개월만이라도 영어 과외를 받았더라면… 아니, 학교 수업만이라도 꾸준히 따라갔더라도 이런 결과는 없었을 것을….

기공사 2년 차 여자 기사가 공무원 시험 준비한다고 그만두었다. 몇 개월 후에 기공소에 놀러 왔고 난 당연히 이 친구가 노량진 공무원 학원에 다녔으리라 생각할 수 있었다.

그 친구에게 학원 다니지 말라고 했다. 그리고 내가 알려준 대로 공부해보라고 했고 그 친구는 다음 해에 합격했다.

한 달이면 토플 서적을 충분히 한 번 볼 수 있고, 두 달이면 반복 학습으로 책 한 권을 마스터할 수 있다. 공인중개사, 주택관리사도 4개월 정도면 충분히 합격할 수 있다.

방법은 간단하다. 절대 독학하지 말 것… 그리고 학원 다니지 말 것….

고등학교 때 최고의 실력을 갖춘 교사들이 있었던 것처럼, 돈이 많이 들지 않는 최고의 권위자들에게서 도움을 받는다면 누구나 공부하는 것이 더 쉽게 되지 않을까 하는 생각이 든다.

수기 14

정치권에서는 2030 세대 눈치 보기 바쁘다. 젊은 당대
표가 선출되는 상황에서 원인을 찾는 것이 젊은 세대라
는 것이다.

그때그때마다 상황을 판단하고 그 순간의 돌풍만으로
모든 정치 방향을 바꾸려 하며, 노인네라는 소리를 듣기
싫어하는 표정 관리가 역력하다.

2030이나 7080이나 뭐가 다른가? 어차피 두 세대 간의

반대 차이는 뚜렷하며, 갑자기 2030 돌풍이 일어났다고 해서 2030의 잣대에 맞추려는 정치권은 유행에 따라가는 패션 디자이너들인가?

순간의 돌풍 때문에 갑자기 최고위원을 청년층에 급하게 할당하는 아마추어 행동을 하는 것이 국회의원들의 정신세계 수준을 알 수 있게 한다.

사회에 첫 발걸음을 내딛는 그들의 욕구불만을 해결해줄 수 있는 방법은 과연 있는가?

나는 없다고 본다. 그럼 어떻게 그들의 입맛을 맞추어 지지를 끌어 올 수 있는가?

지금 당대표가 된 분이 그들의 불만을 해결해줄 수 있을 거라고 착각해 당선된 것 같다. 그리고 기성 정치인들에 대한 실망감이 너무 큰 탓이기도 한 것 같다.

하지만 지켜볼 일이다. 40대 대통령이 나올지, 그러다 말지 나도 궁금하다. 위대한 젊은 정치 지도자가 나오는 건 당연히 환영한다.

그러나 언제나 그랬듯 유행에 따라가려는 기성 정치인들을 보면 한숨밖에 안 나온다.

좀 길게 보며 정치하면 안 되는가? 정치도 유행에 따라가며 해야 하는가?

주식투자는 개인의 자유이자 개인의 책임이다. 그런데 영끌을 모아 투자한 2030 개미들이 손해 본다 반발하면 선거 때문에 특혜를 주는 정치는 과연 바람직한 것인가?

주식투자는 2030만 하는가? 온갖 시련을 겪고 버티며 성장한 중장년 세대의 의견은 무시해도 되는 것인가?

2030 세대는 유행을 좇을 수가 있으나 중장년 세대는 유행에 흔들리지 않는다. 중장년 세대는 우리나라의 주축이고 모든 분야의 핵심적 존재들이다.

중장년층이 왜 드라마를 보면서 눈물을 흘리는가? 호르몬 때문이라고? 무조건 그런 식으로 우기는 건 무식한 소리 하는 것이다.

그 아픔에 충분히 공감하기 때문에… 젊은 층이 느낄 수 없는 경험에서 우러나와 흘리는 눈물이 아닌가!

유행을 좇지 않는, 전 국민을 아우르는 정치를 하기 바란다.

정치권에 새로운 변화를 일으킨다면서 국회에 빨간 치마 입고 온다고 파격적인가? 정책을 파격적이고 신선하게 하고 나서 옷차림도 파격적으로 하길 바란다.

젊은 세대의 신선한 바람은 옳은 일이다. 그리고 그들은 예전과 달리 선거에 적극적이다.

갑자기 새로운 큰 집단의 선거 세력이 등장했으므로 정치권이 신경을 곤두세우는 것도 안다.

그러나 한 가지 충고한다. 우리나라 모든 분야를 이끌고 가는 세대의 핵심은 경험과 노하우를 갖춘 세대라는 것을 잊지 말기 바라며, 정치권에도 동일하게 적용된다는 말씀을 드리고 싶다.

수기 15

틀니 만드는 것을 업으로 삼으며 살고 있는 나도 주위 사람들에게 틀니는 마지막으로 선택하고 임플란트를 할 수 있으면 그렇게 하라고 조언을 하곤 했다.

이론적으로만 알고 있었던 나는 틀니는 음식을 먹는 데 아무래도 기능이 떨어지며 이물감도 감수해야 하는… 그래서 주위에 일부러 권하지 않았다.

어금니를 발치한 나는 틀니를 한번 착용해보기로 했다.

실제 체험하고 싶었고, 덤으로 돈도 절약이 되었으면 싶었다.

나도 사람들에게 그렇게 얘기하듯, 틀니는 잇몸이 적응될 때까지는 부드러운 음식을 먹으라고 얘기했었다.

틀니를 착용한 나는 며칠 동안 음식을 먹을 때마다 잇몸이 욱신거렸고 쑤셨다. 5일째 되는 날은 아픈 게 싫어서 틀니를 일부러 빼고 밥을 먹을 때도 있었다.

양쪽 어금니가 없는 나는 틀니가 없으니 밥알이 입안에서 굴러다녔다. 어쩔 수 없이 다시 틀니를 착용하고 밥을 먹는다.

김치 없이 밥을 못 먹던 내가 김치를 도저히 먹을 수가 없었다. 열흘이 지났지만 그래도 밥을 먹을 때면 여전히 잇몸이 아팠다.

나는 자괴감에 빠져들었고 내 직업이 부끄러워지기 시작했다. 내가 만드는 틀니가 사용하시는 분들에게 이 정도까지 불편했던가? 참담함이 이루 말할 수 없었다.

그런데 보름째인지 20일째인지는 몰라도 이갈이 비슷한 걸 하게 된다. 일을 하고 있을 때도 자꾸 어금니를 꽉 깨무는 습관이 생긴다.

통증보다는 희열감이 생기기 시작하고 무언가를 자꾸 씹고 싶다는 욕구가 생긴다. 그러면서 식사를 할 때면 잇몸이 조금씩 편해짐을 느끼기 시작한다.

지금 틀니 착용한 지 두 달이 된 것 같은데 못 먹는 것이 없다. 고기라든가 딱딱한 과자, 김치 할 것 없이 아무런 지장이 없고 아프지도 않다.

처음엔 이물감이 생겼지만 이제는 틀니 착용하지 않으면 입안이 허전할 정도로 이미 내 몸의 일부가 되어버렸고 음식을 먹을 때 느끼는 건 그냥 틀니가 아닌 내 치아로 씹는 것 같은 느낌이 들었다.

임플란트는 안 해봤지만 오히려 틀니를 사람들에게 권

하고 싶을 정도로 만족도가 아주 높다.

소중한 경험을 한 나는 내 직업에 자긍심이 들었고 지인들에게 틀니 하려면 주저하지 말고 바로 하라고 말할 수 있는 자신이 생겼으며 틀니에 대한 선입견을 버리라고 누구에게나 당당하게 얘기할 수 있게 된, 소중한 기회가 되었다.

참으로 감사한 경험이다. 내 직업에 자긍심을 불어넣어 주었기에…

수기 16

삶이란 무엇인가에 대한 대답은 다 똑같다. 사는 게 별
거 있나⋯:

팔순 넘은 분들은 사후의 삶을 준비하며 사시는 것 같
다. 그런 것 같으면서도 제사 지내면서 하시는 말씀이
있다.

여보, 날 데려갈라 하지 마소⋯ 나 좀 더 오래 살고
싶소⋯

이 세상에서 '미'로만 살 수 있다면… 살다 보면 '도'로도 살 수 있고 '솔'로도 살 수 있다. 누구나 도레미파솔 중에 '솔'로 살고 싶어 한다. 그냥 '미'로만 살아도 행복하다.

왜냐면 내 밑에는 '도'가 있기 때문이다. 그렇기 때문에 누구나 삶이 쉬운 건 아닌 것 같다. 무서움에 떨며 사는 사람들이 어디 한둘이랴…

하얀 달이 뜬다. 시간이 지날수록 더욱 선명해지고 마치 그 원 안에서 춤을 추는 것 같다. 바라보는 이에 따라 축복의 춤일 수 있고 위로의 춤일 수도 있을 것이다.

떠나시는 님 배웅하러 하얀 달님이 달려왔습니다. 달님은 조그만 원 안에서 추모의 가무를 펼치는 듯합니다. 부디 가시는 발걸음이 행복의 나라로 향하는 가벼운 발걸음이 되시기를 바랍니다.

일찍 출근하는 달님과 달리, 떠나가는 해님은 붉은빛을 내뿜으며 가기 싫어 발버둥을 친다. 이 세상에서 떠나기 싫어하는 우리네 삶이랑 꼭 닮은 삶을 산다.

하지만 저무는 해님은 너무 서러워도 아쉬워도 하지 않아도 될 것 같다. 그 모습을 지켜보면서 절망에서 희망을 그리는 사람들도 있고, 그 모습을 사진에 담고 싶어 하는 사람도 많답니다.

당신 해님은 행복하게 사신 겁니다. 당신의 가시는 모습에 많은 사람들이 추억을 담기 때문이죠….

다만, 우리네 살면서 아프지도 말고 쫓기지도 말며 살수 있다면 더 이상 바랄 것이 없을 것 같습니다.

수기 17

칼끝에 흐르는 피는 나의 심장을 찌른 건가, 아니면 내가 세상을 찌른 것인가!

무수한 화살을 쏘아대는 저 태양에 난 내 활을 겨눈다…. 내 몸에 흐르는 피를 내 가슴에 모두 모아 일촉즉발의 내 활을 쏘아 올린다….

소드득 소드득 다가오는 너의 눈망울에 눈물이 고여 내가슴속에 흐를 때, 쓰러지는 너의 가슴에 얼굴을 묻고 나는 다시 칼을 들리라….

세상아 세상아 모두 덤비거라… 서슬 퍼런 내 가슴의 칼이 용서치 않으리….

이슬 맺힌 한 방울이 시냇물이 되어 바다로 나아갈 때 난 내 칼을 던지고 잠이 들리라….

꿈속의 아름다운 세상들아… 나를 보듬으며 내 상처를 치유하여라….

날이 밝아 아침이 되었을 때 따뜻한 햇빛에 내 심장에도 온기를 불어 넣어라….

서슬 퍼런 눈망울에 너를 담고 살아가리….

츠그던 츠그던 츠그던던 츠그던던….

수기 18

한 번도 치열하게 살아본 적 없던 나는, 그래서 세상을 탓하면 안 된다 생각해왔는데, 허나 치열하지는 못했을 지언정 내가 한 일에 대한 대가는 받아야겠다는 생각에 네이버에 치기공사 잔업 수당을 검색하다 소장님의 글을 읽게 되었네요.

만난 적도 없지만 사막 같은 곳에서 사람의 흔적을 발견하고 반가움에, 답장이 올지는 모르겠지만 뜬금없이 말을 걸어보게 되었습니다.

여전히 수기를 쓰시는지, 아껴서 읽어보려고 다 읽지는 않았습니다. 혹여나 다 읽으면 성냥팔이 소녀가 성냥을 다 태워버린 느낌일까 봐서요.

어쨌든 저는 1년 기공일 하다가 도망쳤다가, 10년 만에 다시 기공계로 돌아왔고 벌써 4년 가까이 기공소에 다니고 있네요.

선생님… 기공소에서 다시 근무하시는 이유가 분명 있었을 텐데… 어려움이 생길 때마다 다시 기공일을 시작할 때의 생각과 마음을 되새겼으면 좋겠습니다. 기공사 근무환경은 열악합니다. 처우개선도 안 되는 것이 많고 하루 휴가 내는 것도 쉬운 일이 아니고… 선생님… 회사가 수익을 많이 볼수록 직원들의 처우개선도 가능하고 잔업 수당도 주겠지요….

하지만 기공소는 수익이 거의 없습니다. 적자 아니면 다행이지요…. 기공사들이 바쁘게 최소 8시까지 해야 소장들은 생활비 벌어 간답니다…. 소장이 천만 원 이상 꾸준히 가져가야 직원들 보너스도 주고 잔업 수당도 줄

어느 치과기공사의 수기

텐데 직원 입장에서는 일을 많이 한 것 같은데도 소장들은 봉급 주고 재료값 주고 사무실 월세, 유지비 등등 주다 보면 남는 게 별로 없답니다. 그리고 달마다 매출이 달라서 적자인 달도 있고 흑자인 달도 있습니다. 적자일 때 가진 돈이 없는 소장은 대출을 받아 그달을 메꾸는 소장도 있고 흑자가 난 달에는 적자인 달들을 메꾸면 또 남는 게 없지요….

흑자의 달들이 적자인 달들보다 많으면 그 기공소는 번창하는 것이 아니라 유지하는 것이고 그 반대의 상황인 기공소는 그냥 버티는 겁니다…. 그래서 운영할수록 빚만 늘어나게 되니 직원 감축하거나 규모를 줄이게 되지요…. 기공사는 야간 일을 하고 힘이 드니 불만이 있을 테고 소장은 그걸 훤히 알면서도 대처를 못 하는 그런 상황이 오지요….

직원은 매달 봉급으로 일정한 계획을 세울 수 있지만 소장은 종잡을 수 없는 봉급으로 살게 되니 생활 면에서는 직원이 훨씬 낫지요. 이렇게 우리 기공소가 열악하답니다.

수기 19

옛날 사진들을 보다가 이십 대 초반의 네 모습을 보게
되었다. 두 살배기 조카와 함께 찍은 너의 모습에 난 카
톡에 사진을 올렸단다.

괜히 멋있어 보이길래… 그냥 행복해 보이길래… 단 한
컷의 사진에 나도… 남들도… 최면에 걸려 있었을런지
모른다.

하지만 난 너의 삶을 잘 알고 있단다. 이십 대의 근삼

아…. 너는 팔이 잘려나가고 다리가 잘려나가도 몸통으로 기면서까지 앞만 쳐다보고 나아갔지?

그렇지만 팔다리 없는 너는 더는 앞으로 나아갈 수 없었단다. 그래도 너는 계속 한 발자국이라도 더 나아가려 팔다리가 잘려나간 줄도 몰랐단다.

네가 보기에… 삼십 년이 지난 내 모습은 어떠한지 궁금하구나…. 네 마음에는 영… 성엔 안 찬다는 걸 잘 알고 있단다….

이십 대의 근삼아… 그냥 이렇게 사는 걸 이해하고 용서하길 바란다. 네 고통스런 삶을 이해하기에 지금의 내 삶이 너의 뜻대로 안 된 것에 송구하기 그지없단다. 지금의 내가 예전의 너를 제대로 보살피지 못한 것 미안하다….

이십 년 후의 근삼아…. 당신은 나한테 사과할 필요 없습니다. 난 지금 행복합니다.

행복할 이유가 없는데 그냥 행복하다고 당신에게 말하고 싶습니다. 그래야 당신이 나에게 미안해하지 않을테니까….

난 그냥 이십 대의 근삼이에게는 미안하지만 칠십 대의 근삼이한테는 조심스럽습니다. 당신도 지금의 근삼이에게 미안한 마음이 생길 수도 있기에….

수기 20

태양이 내 몸을 휘감아 지쳐 있을 때 수줍은 봄바람 한 점에 내 마음도 녹아든다. 숲에 둘러싸여 동서남북 구분 못 할 때 조그만 불빛 하나 비추어줄 누군가가 있다면 좋으련만….

떠도는 바람의 장단에 맞춰 덩실덩실 춤추는 하늘처럼 고단한 삶을 위로해주는 세월에 내 몸을 맡길 수 있었으면….

뿌린 씨앗 하나 없는데 옥상의 화분에 생명이 피어나는 것에 신기하고 감격스럽지만 미안한 마음이 드는 건 내게도 양심이 살아 있기 때문인가 보다….

장구도 치고 나팔도 불고 노래도 부르고… 이런 게 행복이 아니라는 것을 깨달아가는 허무한 세월들….

계곡에 놀러 갔으면 좋겠다는 말에 같이 가자고 말할 생각도 못 하는 무심한 내 자신은 조그만 창문으로 보이는 세상만이 내 것이라 여기는 슬픈 인생이어라….

뇌 속에 청정기 하나 달고 살지 못하는… 그래서 살면서 인생의 멋이 무언지 전혀 모르는… 그래서 사는 게 답답스러워도 그러려니 하면서 흘러가는 강물처럼 이리저리 굽이치며 살련다.

수기

전 서울시장 박원순 사망 2주기라고 하는데 지금도 사
과하라고 한다. 나는 잘 모르겠다. 더 이상 뭘 더 사과하
라고 하는지….

죽음으로 죄책감을 씻어버린 사람 앞에서 뭘 더 무얼
사과하라는 걸까? 차라리 죽지 말고 법정에서 숨김없이
다 밝혔더라면 답답함은 없었을 텐데…. 피해자의 일방
적 증언만 들어야 하는….

법정에서는 검사와 변호사가 있어야 하는데, 죽음을 선택함으로 검사만 있는 법정이 되어버리는… 그래서 정확한 진실관계를 알 수 없는… 너무나 답답하고 짜증나기도 하고…:

본인 자신이 죄라고 판단했기에 본인 스스로 죽음이라는 선택을 했을 것이다. 우리가 가족이 죄를 지었다면 다른 이는 비난할 수 있어도 가족은 위로해주고 격려해주기 마련이기에, 난 박원순 님을 가족으로 생각하기에 예전에 박원순 님이 돌아가셨을 때 쓴 편지를 지금 공개하려고 한다.

그리운 님께 편지 올립니다.
잘 지내시죠? 저세상에서도 국민들을 섬기시나요?
그러지 마세요… 본인을 위해 사십시오! 이 세상에선 국민을 섬기는 것이 님의 삶 그 자체였기에… 이젠 공인으로 살지 마세요.
님이 안 계신 서울은 코로나로 혼돈의 삶들을 겪고 있습니다. 님이 계셨더라면 하는 아쉬움이 남지만 님에게 부담을 드리고 싶지 않네요.

어느 치과기공사의 수기

당당하던 님도 너무나 수치스러운 싸움이 될까 저세상으로 피신하신 것 알고 있어요. 이젠 님에 대한 얘기들이 보도가 안 되었으면 합니다. 님 서거했을 때 눈물을 흘리며 노래로 고래고래 소리를 질러대며 추모했었는데… 잊을 만할 때가 되었는데 또다시 증오심으로 불타오르게 만드네요.

존경하는 님!

아무한테나 가족같이 대해주지 마세요. 아무한테나 너무 따뜻하게 대해주지 마세요. 그러나 보면 실수할 일도 생기고 오해를 불러일으킬 수 있다는 걸 님은 경험하셨잖아요. 매체를 통해 얼굴을 다시 보게 되니 마음이 울컥해집니다. 언제쯤이나 무덤덤해질 수 있을까요? 님에 대한 추모는 이제 마지막으로 하고 싶습니다. 님이 그리울수록 누군가에 대한 제 증오심은 더욱 커지니까요… 그것을 님도 원치 않으신다는 걸 알고 있습니다. 님의 성품을 알기에…

사랑하는 님!

천국에서 부디 행복하시고 그 따뜻한 성품을 결코 잊지 않겠습니다.

수기 22

사람과 사람 사이에는 반드시 지켜야 될 선이 있다. 그러나 그 선 위아래로 오차범위는 있는 법이다.

오차범위가 좁은 사람이 있고 오차범위가 넓은 사람이 있다. 오차범위가 넓은 사람은 편한 사람이기도 하지만 오해의 소지를 남길 수 있는 법이다.

그리고 사람은 오차범위가 좁은 사람이든 넓은 사람이든 누구나 상대방에 따라 오차범위를 넓히고 싶은 사람

어느 치과기공사의 수기

이 있고 좁히고 싶은 사람이 있다.

살면서 누구에게나 오차범위를 넓히고 싶은 사람은 없을 것이다. 그러나 오차범위를 넓히고 싶은 사람일수록 시간이 필요하고 노력이 필요하고 진심이 필요한 법이다.

난 직업병인지는 몰라도 내 거래 치과를 사랑한다. 그리고 거기서 종사하는 분들도 사랑한다. 거래한 지 얼마 안 된 치과는 데이트한 지 얼마 안 된… 그래서 더 신경 쓰게 되고 더 걱정하게 되고 더 잘되기를 바라는 마음이 생기게 된다.

나와 인연을 맺은 치과가 번창하기를 항상 바라는 마음으로 난 기공생활을 하고 있다. 왜냐면 공생관계이기 때문이기도 하지만, 사랑하게 되기 때문이다.

짝사랑이라도 상관은 없다. 어떤 사랑이든 사랑하는 마음이 생기면 행복해지는 법이기 때문에… 그리고 그것 때문에 일하는 것이 행복하기 때문에….

수기 23

사람이란 역시 혼자서 살 수는 없는가 봅니다. 아무렇지
도 않게 만나온 사람들이… 이제는 보고 싶습니다. 짜증
내기도 하고 웃기도 하고 했던 사람들이 새록새록 떠오
릅니다.

갑자기 옛날 생각이 나네요…. 훈련소에서 구보를 하다
산 중턱에서 잠시 쉬었지요…. 그때 내려다보이는 집들
과 빌딩들과 다니는 차들을 보면서 그리웠습니다…. 저
런 곳에 있었을 때가 좋았구나 하면서….

어느 치과기공사의 수기

평범하게 사는 것이 행복이라는 생각은 이 세상을 등지고 살아야만 할 때 가장 절실하게 떠오르는 것 같습니다.

이제 나도 오늘이 마지막 코로나 격리입니다. 베지밀 하나 들고 문병 오는 이가 없어 더욱 허전하네요….

전화로 오라고 통사정을 해도… 무심한 늠들…. 일주일 격리였지만 사람이 소중하다고 느꼈던, 아주 귀한 경험이었습니다….

시간이 지나면 또 아웅다웅하면서 살겠지요… 즐겁네… 슬프네… 짜증나네… 하면서.

숲을 보면 아름다운데 그 속에 막상 들어가보면 가지각색의 나무들과 동물들이 아웅다웅하듯이…. 이제는 가끔씩 세상살이가 지겨울 때 숲을 보는 마음가짐을 가져야 하는가 봅니다….

숲을 한참 바라보다 보면 그 속의 한 그루 나무가 되고 싶어지기에….

수기 24

저는 치과기공사이기 때문에 이 계통에서 실력을 키우는 방법을 제가 아는 범위에서 간략하게 얘기하려고 합니다.

공부하는 것은 기본이라서 생략합니다. 요즘 세대들은 정시에 퇴근하는 것을 요구하고, 실제로 그렇게 되고 있는 걸로 알고 있습니다.

이제 와서 제가 느끼는 것은 몇 달이고 밤 11시, 12시까지 마다 않고 일했을 때 그때가 지나고 나면 실력이 급격히 향상된다는 것을 알게 됩니다.

기공소를 옮기고 첫 달 근무할 때 새벽 두세 시가 기본이었고 밤을 꼬박 새우고 배달하시는 분들이 빨리 가야 한다고 성화일 때까지도 일했었습니다. 저는 소장님에게 한마디 불만도 얘기하지 않았습니다. 그리고 한 달 되던 날 소장님에게… 한 사람 더 구하라고 얘기했고 그제서야 기공사 한 명을 더 구해주던군요….

저는 이것이 자랑스럽다고 얘기하는 건 아닙니다. 기공소 소장으로서 인격이 의심스러울 정도로 좋은 기억은 아닙니다. 단지 결과론적으로 이런 경험들이 다양한 케이스와 손 빠르기를 늘려나가는 데 도움이 된 건 사실입니다.

저도 고향에서 기공소를 운영하고 있습니다. 기공소를 운영하려면 치과가 있어야 하므로 서로 간에 경쟁이 치열할 수밖에 없습니다. 하지만 기공소마다 가지각색입니다. 실력만으로 승부를 거는 건 순진한 생각입니다.

지역사회다 보니 인신공격이 난무합니다. 순진한 생각만 갖고 있다가는 당하고 만다는 것을 전부터 알고 있었는데 대책을 어떻게 세워야 할지 지금도 모르겠지만 시간이 해결해주리라 믿습니다.

요즘 세대의 기공사들이 잘못됐다고 말할 순 없습니다. 시대가 변했기 때문에 기성세대들도 사고방식을 바꿔야겠지요.

단지 많은 일들을 소화해보는 것이 나중에 소중한 경험이 된다는 것을 말하고 싶은 것일 뿐이고, 젊은 세대들도 나름 열심히 하리라 믿지만 요즘은 기공소에서 어떤 시스템으로 정시에 퇴근시키면서 기공소를 운영할 수 있는지 궁금하기도 하고 의문도 들기도 합니다. 저는 아마 파샬덴쳐 소장이라서 그런 생각을 하나 봅니다.

수기 25

사랑하는 어머니가 가장 사랑스러울 때는, 주무시는 모습을 볼 때입니다.

그 모습은 세상의 근심 걱정 없이 너무나 평안한 모습이기 때문입니다. 그런 표정으로 평생을 근심 걱정 없이 사시면 얼마나 좋을까… 하고 기도해봅니다.

따뜻한 가을 햇살을 받으며 옥상의 화분에 피어 있는 꽃님을 쳐다봅니다. 이렇게 청명한 날씨를 꽃님들도 즐

겼으면 합니다.

나이가 스물아홉일 때는 서른이 되기 싫어하고, 서른아홉 그리고 마흔아홉일 때도 마찬가지였지요…. 지금 오십이 넘으니 나이 한 살 더 드는 것도 부담스럽습니다. 올해도 얼마 안 남았으니 아쉬움이 더 크네요.

간만에 일에서 벗어나 바둑도 두고 영화도 볼 생각에 마음이 행복합니다. 너무 자주 시간이 많이 생기면 그것도 스트레스지요….

일하는 것도 즐기고 적당한 긴장감으로 생활하는 것도 생활에 활력을 불어넣어줍니다. 등에 담이 심하게 온 것 같아 한의원에서 부항도 뜨고 침도 맞았지만 그것이 저에게는 훈장이라도 받은 것처럼 기분 좋은 느낌입니다.

아직도 저에게는 세상살이가 치열합니다. 이런 삶을 언제까지 즐길 수 있을지 모르겠지만 건강이 허락하는한 열심히 살면서 후회 없는 삶을 살고 싶은 마음 간절합니다.

어느 치과기공사의 수기

수기 26

바둑이 취미인 나는 기력을 올리기 위해 서점에서 책을 고르다가, 이창호 저자로 된 책을 여러 권 사서 한 권씩 탐독하려 했다.

원래 바둑 교본 책들을 보면 머리가 지끈지끈 아프다. 어쨌든 한 권 정독은 했으나 나머지 책들은 볼 엄두가 안 난다.

책 한 권 정독하기가 너무 힘들다 보니 회의감에 젖어

든다. 내가 왜 이 고생을 해야 하지? 기력이 조금 올라간다 한들 어차피 취미생활 하는 것인데 내가 여기에 에너지를 소비할 가치가 있는 것인가?

생산적인 생활은 아닌 것 같아 그만두었다. 헬스클럽 다니는 것이 오히려 더 도움이 될 것 같아 퇴근하면 운동했고, 더 생산적인 것 같아 의욕적일 수 있었지만 잦은 야근에 결석율은 높아지고 그마저도 접는다.

나는 취미생활을 할 여건이 되지 않았다. 그래서 유일한 스트레스 해소가 소주 한잔하는 것이었다. 모든 직장생활이 그렇듯 기공사는 과중한 일처리 때문에 스트레스를 많이 받는 업종 중 하나다.

그래서 평일에 야근 실컷 하고 주말에 해가 중천에 뜨도록 잠을 잔다. 직원일 때도 스트레스를 많이 받았지만 소장이 되면 직원일 때하고 약간 다른 스트레스를 받게 된다.

이삼십 년 전의 소장들은 어느 건물을 살까 하고 고민

했다면 요즘 소장들은 생계형이 대부분이다. 그만큼 치과기공소가 너무 많이 생겼고, 그만큼 경쟁이 치열하기 때문이다.

내가 아무리 휴일 반납하고 일을 치더라도 매출에는 한계가 있기 마련이다. 그만큼 내가 소화할 수 있는 일의 양이 정해져 있다는 것이기 때문에, 치과를 더 늘릴 수 없는 입장으로 답답할 뿐이다.

길이란 처음부터 생긴 것이 아니라, 한 사람 한 사람 다니다 보니 길이 만들어진 것이라고 한다. 나는 만들어진 길만 걸어왔다. 그리고 길이기에 걸어다녔다.

이제는 내가 길을 개척해야 나에게도 기회가 오는 것이지만, 잘 모르겠다. 나에겐 새로운 길을 개척할 능력도 재능도 없는 듯하다.

엄마에겐 너무 추우니 밖에 절대 나가지 말라고 말하고 혼자 두툼한 잠바 입고 밖으로 나온 나는 인조인간이라도 되는 양 출근한다.

나도 이 세상에서 인조인간이 되고 싶고, 모두들한테
토닥이고 싶다.

그냥 사는 건 원래 다 그래 하는 말은 듣고 싶지 않지만
수긍하며 살 수밖에 없는 나는 씁쓸함을 가슴에 묻고
오늘도 소주 한잔 마신다….

어느 치과기공사의 수기

수기 27

우리 모두 가슴이 답답할 때는 하늘을 도화지 삼아 붓
으로 그림을 그려보자…. 어떤 그림인들 어떤가… 우리
자신이 갈망하는 것들을 한번 그려보면 어떨까….

나부터 그림을 그려보련다…. 내년엔 실장급 직원을 채
용하고, 기공소를 더 쾌적하고 넓은 데로 옮기고, 기공
소를 한 단계 더 도약시키는 원년으로 삼는 것으로 그
려본다….

그리고 결혼도 하고⋯ 어머니랑 셋이서 오붓하게 사는 삶도 그려본다⋯.

어떤 그림도 그리고 싶은 것이 없다면 붓을 하늘로 던져보자⋯. 그리고 나서 부는 바람에 한번 붓을 맡겨보자⋯. 더더덩덩 그려지는 그림에 우리의 모습은 어떤 그림으로 그려질까⋯.

사람이란 항상 노력과 운이 복합적으로 작용해야 아름다운 그림이 그려진다. 나에게는 행운이라는 물감은 없는 것 같다. 그래서인지 그림 솜씨가 원래 없는 데다가 노력만으로 그리려고 하니 별로 그림이 아름답지 못한 것 같다.

엄마 뱃속에 있을 때부터 명품 시계 찬 사람들을 부러워하는 것은 좋으나 시기하지는 말자. 신세 한탄하면서 그런 사람들을 질투하는 사람들이 당연히 많지만, 그럴수록 자신만 비참해지는 것 말고는 남는 게 하나도 없다.

현실을 직시하고 모두들 한번 버텨보자. 누가 이기나 내기 한판 걸어볼 배짱을 길러보자.

마음속의 근심은 빨리 떨쳐버리고 가까운 벗이나 가족에게 도움을 청하더라도 깊은 수렁에 빠진 사람들은 헤쳐니가자…. 그렇지 않으면 마음속에 한으로 남아 심장에 도장이 찍히는 괴로운 현실이 된다.

각자의 삶에 완벽하게 만족하는 사람도 없을뿐더러 잘난 사람도 없다. 그렇다고 말하는 사람들하고는 상종하지 말자. 항상 부족하고 모자란 나 자신을 위로해주고 보듬어주자.

날이 어두워 내가 그린 그림이 하늘에 보이지 않지만 언젠가는 푸르른 하늘에 내 그림 하나 걸려 있길 소원해본다.